Morisken
VERLAG MUENCHEN

Butterflys im Bauch
von Liebe und Gewalttaten

Dron

Umschlaggestaltung: Ahmet Ünal
Satz: Peter Sommersgutter
Lektorat: Thomas Peters & Theresia Riesenhuber

ISBN: 978-3-944596-06-8
(E-Book: 978-3-944596-07-5)
www.morisken-verlag.de

„Dies ist die Stadt der Halbverrückten. Selten finden sich so viele dunkle, scharfe und seltsame Einflüsse auf die menschliche Seele wie in …“

Fjodor Michailowitsch Dostojewski
Verbrechen und Strafe

Inhalt

Vom U-Bahn-Winde verweht

Es war ein kalter Frühlingstag, als ich ihr zum ersten Mal begegnete. Ich saß noch etwas verkatert in der U-Bahn und betrachtete den Clubstempel auf meinem Handgelenk, den ich die Nacht zuvor vom Türsteher aufgedrückt bekommen hatte. Ich feuchtete meine Fingerspitzen mit etwas Spucke an und versuchte, ihn abzuwischen. So ein Stempel wirkt am nächsten Tag wie ein lästiges Brandzeichen und ein Mahnmal für all die Schandtaten, die man letzte Nacht angestellt hat. Nach heftigem Rubbeln blieb ein roter Fleck übrig. Ich ärgerte mich noch darüber, als ich plötzlich einen Schrei hörte. Mein Blick schweifte ans Ende des Waggons, wo ein junges Mädchen saß, umringt von drei Typen. Einer von ihnen packte sie am Arm und versuchte, sie an sich heranzuziehen. Doch sie wehrte sich, konnte sich befreien und landete wieder auf ihrem Sitz. Die Typen lachten und einer hielt sein Handy in der Hand, um alles zu filmen.

Zum Glück waren wir nicht die Einzigen im Waggon. Drei Sitzreihen weiter saßen vier Leute mittleren Alters. Doch aufgeschreckt durch die potenzielle Gefahr geschah das, was so typisch für Hamburg ist: Anstatt gemeinsam aufzutreten, Zivilcourage zu zeigen und den Typen in den Arsch zu treten, standen sie unauffällig auf und huschten zur Tür, um schnellstmöglich auszusteigen. Bis auf einen stinkenden Penner, den das Ganze recht wenig interessierte, weil er augenscheinlich damit beschäftigt war, sich nicht in die Hosen zu pissen, waren wir jetzt alleine im Waggon.

„Was habe ich schon zu verlieren?", dachte ich, atmete tief durch und stand auf. Wenn ich schon auf die Fresse kriegen sollte, dann als Held. Oder wenigsten bei dem Versuch, ein Held zu sein. Diesen übermäßigen Mut muss ich im Nachhinein wohl meinem Restalkohol zurechnen, denn das ist es, was

Alkohol aus uns macht: Er macht aus einem Durchschnittstypen einen Draufgänger, aus einem schüchternen Jungen einen Casanova und aus mir eben einen Helden. Aus Dimitri wurde Dimitri der Befreier, der in zahlreichen Heldenliedern besungen und als Beschützer der schönsten Frauen gefeiert wird.

Also ging ich auf die Typen zu und schnallte mir unauffällig meine Armbanduhr ab. Denn im Falle einer Schlägerei wollte ich nicht noch meine gute Uhr, die mir meine Mutter zu Weihnachten geschenkt hatte, verlieren oder kaputt machen. Das hatte ich von meinem besten Kumpel Maxim gelernt: vor einem Kampf die Wertsachen abnehmen!

Als ich den Penner passierte, stieg mir der widerliche Geruch von Urin, Bier und Zigarettenrauch in die Nase – ich verzog mein Gesicht und warf ihm einen vorwurfsvollen Blick zu, den er jedoch ignorierte.

Ich kam immer näher, konnte nun das Mädchen ganz genau erkennen und blieb stehen. Sie war viel hübscher, als es von Weitem den Anschein gemacht hatte. Dunkles Haar, eine kleine, zierliche Nase und große Augen. Ihre Wangen waren leicht gerötet, so als wären wir im tiefsten Winter. Sie schaute mich irgendwie zwischen verlegen und verängstigt an, und ich konnte mich nicht bewegen, konnte nichts sagen. Ich stand da wie angewurzelt, als hätte ich zum ersten Mal in meinem Leben eine Frau gesehen. Ihre Augen erzählten so viel, und doch wusste ich nichts über sie. Sie kam mir vor wie eine alte Bekannte und doch eine mysteriöse Fremde. Eine seltsame Wärme machte sich in meiner Brust breit, als plötzlich einer „Ey!" schrie, und ich wieder voll bei Bewusstsein war.

Die drei Südländer sahen sich bis auf ihre Frisuren sehr ähnlich. Einer hatte kurzgeschorene Haare, der zweite trug einen Boxerschnitt und der letzte band seine schwarzen, dichten Haare zu einem Pferdeschwanz zusammen. Jeder von ihnen trug eine locker sitzende Jeans und eine schwarze Jack-Wolfskin-Jacke. Das war seltsam, da Jack Wolfskin eine

Outdoor-Marke der gehobenen Schicht ist. Und bei näherem Betrachten fiel auch auf, dass es sich nicht um Fälschungen handelte. Maxim hatte mir erzählt, dass die Türken in unserem Bezirk einen Lkw voller Jack-Wolfskin-Klamotten überfallen und anschließend das ganze Zeug zum Spottpreis vertickt hatten.

„Verpiss dich!", schnauzte der mit dem Tyson-Haarschnitt mich an und stand dabei auf.

Ich blickte kurz zum Mädchen rüber, das mich immer noch hilfesuchend anstarrte. „Jungs, lasst den Scheiß!", befahl ich selbstbewusst, obwohl ich innerlich aufgewühlt war. Ein flaues Gefühl machte sich in meinem Magen breit. Das war wohl eher die Aufregung als die Nachwirkungen der Partynacht.

„Sonst was, Hurensohn?", unterbrach sein Kumpel meinen Gedankengang und lachte dabei, während der andere mich wegschubste.

Die U-Bahn hielt bei der nächsten Station. Mir fiel ein, was ich vor Monaten mal im Fernsehen gesehen hatte: Es ging um das Gruppenverhalten der Gorillas. Dort hatte ein Forscher erklärt, dass die heranwachsenden Gorillas immer versuchen, das Alphatier zu stürzen, um so an die Führungsposition zu kommen. Und das gelingt nur dem Gorilla, der dominant genug ist. Sobald er Schwäche zeigt, hat er verloren. Der Silberrücken wird ihn niemals respektieren und als Rivalen ansehen. Also musste ich in der Situation einfach noch mehr Dominanz und Aggressivität an den Tag legen, als die drei Typen. Ich musste zu dem Gorilla werden, der das Alphatier stürzen will.

Und wie stellt man so etwas an? Richtig, man zitiert Vin Diesel. Mir fiel eine Szene aus *Knockaround Guys* ein. Ich atmete tief durch und ging einen Schritt auf die Jungs zu, in der Hoffnung, dass sie die Filmszene nicht kannten. „Fünfhundert", sagte ich mit fester Stimme.

„Was?"

Ich blieb ruhig und fuhr fort: „Fünfhundert Kämpfe. Das habe ich mir damals vorgenommen, als ich klein war. Fünfhundert Straßenkämpfe, und danach kannst du mit Recht behaupten, dass du es drauf hast. Nur so kriegt man genug Erfahrung, um unbesiegbar zu sein. Deswegen habe ich angefangen. Natürlich denkt man nicht ständig daran, wie toll es ist, ein harter Kerl zu sein. Das wird irgendwann unwichtig. Man merkt, dass es eigentlich Schwachsinn ist. Aber dann erkennt man, dass man genau das geworden ist.“

Ich sagte den Vin-Diesel-Monolog auf und schaute meinem Gegenüber die ganze Zeit in die Augen. Und dann passierte es: Er knickte ein. Er löste plötzlich seinen Blick und guckte nervös in der Gegend herum. Ich hatte ihn gebrochen. Ich war der neue Silberrücken. Er hatte mir den Quatsch tatsächlich abgekauft. Ich meine, ich bin kein schlechter Kämpfer und einen hätte ich garantiert umhauen können, mit etwas Glück auch den nächsten, aber drei wären garantiert zu viele gewesen.

Ich merkte, wie die U-Bahn langsamer wurde, und wir uns der nächsten Haltestelle näherten. Das war meine Chance! In dem Moment, als der Zug endgültig zum Stehen kam, schnappte ich nach der Hand des Mädels und wir stiegen aus der Bahn. Nicht zu schnell, aber auch nicht zu langsam. Die Türen schlossen sich hinter uns, die Bahn fuhr mit drei grimmigen Jugendlichen und einem Penner weg und ich hielt immer noch ihre Hand. Es überwältigte uns eine seltsame Stille, die jedoch nicht peinlich war.

Ich guckte ihr tief in die Augen, sie lächelte mich an. „Danke“, sagte sie und ihre Wangen nahmen ein intensiveres Rot an.

Ich sammelte mich innerlich und ließ ihre Hand los. „Weißt du, Frauen in Not sind meine Schwäche“, sagte ich cool.

„Das war eben ein beeindruckender Auftritt.“

„Ach“, ich lachte, „dann hat sich der Schauspielunterricht damals in der Schule wenigstens gelohnt. “

„Ich glaub, ich schulde dir was."

Sie schaute mich an, und ich fuhr fort: „Erstmal muss ich dich nach Hause begleiten, schließlich muss ich meinen Job hier zu Ende bringen."

Sie lachte und ging neben mir die Straße entlang.

„Wie heißt du eigentlich?"

„Anja", sagte sie und strich sich dabei die Haare hinter das rechte Ohr. Sie schien nervös zu sein, denn sie spielte immerzu mit einem losen Knopf, der an ihrer Jacke hing, drehte ihn mit ihren Fingern und zog daran.

Auf dem Heimweg redeten wir viel. Den üblichen Small Talk hatten wir in wenigen Minuten hinter uns und unterhielten uns dann lange über ihr Studium und über ihr Viertel, wie gefährlich es dort für eine junge Frau sei. Und während des ganzen Gesprächs versuchte ich mir aus dem Kontext zu erschließen, ob sie einen Freund hatte. Ich kramte unauffällig in meiner Hosentasche nach einem Kaugummi, denn ich hatte die leise Befürchtung, dass mein Atmen immer noch nach Alkohol roch. Wir waren irgendwie auf derselben Wellenlänge, was bei mir nicht sonderlich oft vorkommt. Seit langem hatte ich mal wieder das Gefühl, mit einem Mädchen zusammen zu sein, das in mir nicht das Verlangen weckte, mich am nächsten Morgen heimlich davon zu schleichen und niemals wieder zu kommen. Sie erzählte mir, dass sie Kulturwissenschaften studiere und irgendwann als Journalistin arbeiten wolle. Und dass sie in Russland geboren war, sich aber hier zu Hause fühle. Im Gegensatz zu mir gehörte sie zu den Leuten, denen die alte Heimat nichts mehr bedeutete. Sie war lediglich ein Eintrag im Ausweis oder eine verschwommene Erinnerung. Und ein, zwei Generationen später würde auch diese verschwinden und nur zum Vorschein kommen, wenn man explizit nach ihr suchte.

Nach etwa einer halben Stunde kamen wir zu der Hochhaussiedlung, in der sie wohnte. Sie drehte sich zu mir um und kramte in ihrer Tasche. „Ich kriege erst morgen mein Handy aus der Reparatur wieder", sagte sie und wedelte mit einem Kugelschreiber. „Das wird jetzt altmodisch."

Sie kritzelte ihre Nummer auf meinen Unterarm, woraufhin ich sie verwundert anguckte und schlicht „Danke" sagte.

Ich zog sie zu mir heran und küsste ihre Stirn. Und wenn Glücksgefühle einen Duft hätten, dann den ihrer Haare.

Auf dem Rückweg zur U-Bahn überkam mich eine ungeheure Energie. Ich sprang in die Luft. Ich war der König der Welt. Und keiner konnte mir das jetzt nehmen. Selbst die tristen Hochhäuser hatten auf einmal eine andere Wirkung auf mich und strahlten im Sonnenlicht fast so etwas wie eine gemütliche Atmosphäre aus. Und das Beste war die Geschichte, wie wir uns kennengelernt hatten. Ich malte mir schon aus, wie wir das jedem erzählen würden. „Er hat mich gerettet", würde sie dann sagen. „Ach, ich hab doch nur meine Pflicht getan", würde ich darauf antworten.

So verträumt lief ich durch die kleine Seitenstraße zurück zur Haltestelle, als ich plötzlich ein „Ey!" hörte. Ich drehte mich um und mein Herz machte einen Satz. Es waren meine drei südländischen Freunde aus der U-Bahn.

„Na, du Hurensohn!", sagte der mit den längeren Haaren und ging auf mich zu.

„Was wollt ihr?"

„Dich ficken!"

„Hört sich ganz schön schwul an."

Kaum hatte ich den Satz zu Ende gesprochen, rammte er mir seine Faust in den Magen. Ich ging in die Knie und schnappte nach Luft.

„Ey, Missgeburt, wen willst du hier verarschen?", sagte der Typ mit dem Tyson-Haarschnitt zornig.

Ich wartete einen Augenblick in der Position, sprang dann plötzlich hoch und rammte ihm meinen Ellbogen ins Gesicht.

Er stolperte zwei Schritte zurück, und ich verpasste ihm einen Tritt, sodass er nach hinten über fiel. Gleich darauf stürzten sich seine beiden Freunde auf mich und traten abwechselnd auf mich ein. Ich fiel auf den nassen Boden und nahm den Kopf zwischen die Knie, um mich besser vor den Tritten zu schützen. Als ich hochblickte, sah ich den Typen, den ich umgehauen hatte, mit einer blutigen Nase. Ich hustete Blut, merkte, wie sich langsam mein Backenzahn löste, und spuckte ihn in eine kleine Pfütze, die aus meinem eigenen Blut bestand.

„Du dummer Wichser!", schrie er und trat noch einmal zu. Kurz darauf wurde mir schwarz vor Augen.

Als ich wieder zu mir kam, stand ein alter Mann neben mir, der mich besorgt anguckte. „Gehts dir gut, Kleiner?"

„Ja", sagte ich und spürte, dass meine Taschen leer waren. Die miesen Schweine hatten mein Handy und meine Brieftasche geklaut – und sogar meine schöne Uhr. Mein Körper pochte gleich an mehreren Stellen vor Schmerz aber ich fing an zu lachen. Ich richtete mich auf und guckte in den Himmel, während ich weiterhin lachte.

„Wirklich alles in Ordnung?", wollte sich der alte Mann noch einmal versichern.

Ich schluckte Blut und nickte.

An diesem Tag hatte ich mein Handy, meine Brieftasche, meine Uhr und mindestens zwei Zähne verloren – und doch besaß ich mehr als am Tag zuvor.

Südlich der Ghettosphere

Noch 7 Stunden.

Ein grauer Tag. Es fängt langsam an zu schneien und eine dünne weiße Schneeschicht bedeckt die Straßen zwischen den großen Hochhäusern. Für einen Augenblick erscheint alles etwas freundlicher. Das ist die Wirkung des frischen, weißen Schnees. Doch kurz darauf verwandelt sich der Schnee in Regen und auf den Straßen und Gehwegen entsteht grauer Matsch, der perfekt zum Himmel passt.

Marius, ein schmächtiger junger Mann mit müden Augen und einer kleinen Narbe auf der Stirn, sitzt auf einem verlassenen Spielplatz und starrt auf eine Wand. Er zündet sich eine Zigarette an und fixiert mit seinen Augen weiterhin die Wand, auf die in krakeligen Lettern geschrieben worden war: „Der Mensch sitzt und wartet nur darauf, dass alles schief geht". Und obwohl ihm diese Worte nichts sagen, scheinen sie etwas in ihm aufzurütteln. So, als würde ein Teil von ihm die Bedeutung dieser Worte erahnen.

„Was geht?" – Marius wird aus seinen Gedanken gerissen. Sein bester Freund Hassan steht vor ihm und nimmt ihm die Zigarette ab. Er trägt eine zu große Jacke und einen nur spärlich sprießenden Vollbart.

„Digga, wir ziehn das durch", sagt Hassan anstelle einer Begrüßung.

„Hm." Marius wischt mit seinem Schuh den nassen Schneematsch zur Seite, damit Hassan Platz nehmen kann.

„Wir haben das doch schon besprochen, Mann."

„Ja, ich weiß."

„Digga!"

„Ja, Mann, ich weiß. Mach jetzt kein Stress."

„Ich bin extra früh aufgestanden."

Marius blickt Hassan an und holt eine neue Zigarette raus. „Um 15 Uhr?" Er zündet sie an und fährt fort. „Glaubst du, es lohnt sich?"

„Ahmet und seine Jungs haben letzten Monat sieben Mille aus der Shell in der Kerichstraße rausgeholt."

„Hm", gibt Marius erneut von sich und nimmt einen tiefen Zug.

„Die Kassen sind da immer voll", erwidert Hassan, „vor allem abends, kurz bevor die schließen."

„Okay", sagt Marius und blickt auf seine alte Casio-Uhr.

„Übrigens, willst du ne geile Uhr kaufen?", fragt Hassan.

„Hm?"

„Wir haben mit Ali und Ahmet so ein Opfer abgezogen; vor ein paar Wochen an der U-Bahn."

„Meinst du den Lauch, der dir fast die Nase gebrochen hat?", kontert Marius und grinst höhnisch.

„Halt die Fresse!"

„Okay, zeig ma her."

Hassan blickt kurz um sich und holt die Uhr aus seiner Jackentasche.

„Nicht schlecht", gibt Marius zu, „aber bin grad nicht flüssig."

„Wie du willst. Für das Prachtstück werd ich schon nen Käufer finden." Er betrachtet die Uhr für einen Augenblick, steckt sie wieder ein und sagt: „Weißt du was? Lass uns schnell noch was holen. Ich ruf Martin an."

„Mir egal." Marius zieht ein letztes Mal an der Zigarette und wirft sie in den Schnee, wo sie langsam versinkt.

„Was los mit dir? Sonst bist du nie so", fragt Hassan und blickt in das leere Gesicht seines Freundes. Da dies keine Reaktion auslöst, holt er sein Handy heraus und ruft kommentarlos seinen Dealer an.

Nach zwanzig Minuten taucht Martin mit seiner schwarzen Mercedes S-Klasse vor dem Spielplatz auf und hupt ungeduldig. Martin heißt eigentlich Makwangala und kommt ursprünglich aus Ghana. Aber da keiner seinen Namen aussprechen konnte, wurde er von den Jungs im Viertel einfach Martin getauft.

„Jungs", sagt er, während er das Fenster langsam herunterfährt, „ich hoffe, ihr habt mich nicht nur für nen Zehner herbestellt."

Einen Augenblick lang ist es still, dann ergreift Hassan lachend das Wort: „Naja, lustige Story, aber genau das war unser Plan."

Martin murmelt irgendetwas vor sich hin und kramt in seiner Lederjacke. „Nur wegen nes verfickten Zehners. Da kann ich mir nicht mal Benzin von kaufen."

„Ach, komm schon, Martin", sagt Marius. „Tu uns den Gefallen."

„Ich bin für was viel Höheres bestimmt", sagt Martin und schmeißt Hassan eine kleine Tüte rüber. „Und außerdem", fügt er hinzu, „seit die Jungs den Bullen verprügelt haben is das alles hier", er macht eine große Geste mit seinen Händen, „verficktes Gefahrengebiet. Die Bullen könn mich jederzeit anhalten und mein scheiß Auto durchsuchen. Einfach nur so, versteht ihr? Wir Ticker leben in gefährlichen Zeiten."

„Danke." Hassan geht nicht darauf ein und streckt die Hand aus, um ihm zehn Euro in Ein- und Zwei-Euro-Münzen zu geben.

„Wollt ihr mich verarschen? Was soll ich mit euerm Kleingeld, seh ich aus wie 'n beschissener Kaugummiautomat?"

„Komm schon, Martin, stell dich nich so an", sagt Hassan und wedelt mit der Faust, in der er das Kleingeld umschlossen hält.

„Ja", sagt Marius und bückt sich, um Martin in die Augen zu gucken. „Du bist für etwas Größeres bestimmt. Nächstes Mal holen wir für nen Zwanni."

„Ach, fickt euch!", sagt Martin, legt den ersten Gang rein und gibt Gas, ohne das Fenster zu schließen.

„Mein Lieblingsafrikaner", sagt Hassan und steckt das Tütchen ein.

Noch 6 Stunden und 10 Minuten.

Hassan schiebt seine Bankkarte in den Geldautomaten und klopft mit den Fingern ungeduldig auf dem Hartplastik herum. Nachdem er seine PIN eingegeben hat, stöhnt er laut auf. „Scheiße! Ich hab nur noch zwölf Euro fünfunvierzich." Als er jedoch merkt, dass Marius nichts dazu sagt, fährt er leise fort: „Heut Abend wird sich das ändern."

„Wann wollen wir es rauchen?", fragt Marius, als sie die Bankfiliale verlassen, und er seine Daunenjacke zumacht und eine alte Wollmütze aufsetzt.

„Keine Ahnung, lass uns erst ma was fressen", erwidert Hassan, greift in Marius' Jackentasche und holt eine Packung Zigaretten raus.

„Dann lass uns zu deinem Onkel gehn, ich hab Bock auf Döner."

Hassan blickt ihn entgeistert an und steckt die Zigarette wieder ein. „Dann rauche ich lieber nach dem Essen."

„Wieso?"

„Na ja", sagt er und macht eine kleine Pause, „mein Onkel denkt, ich hab mitm Rauchen aufgehört."

„Dann sollte er lieber nich das Gras in deiner Tasche sehn", empfiehlt Marius und lacht dabei laut.

„Oder wolln wir lieber zum Chinamann?"

„Neh", erwidert Marius, holt eine Zigarette raus und zündet sie demonstrativ vor Hassans Gesicht an.

„Mein Onkel wird bestimmt auch fragen, was mit meiner Ausbildung ist, weißt du, was ich mein?"

Marius zuckt mit den Schultern und blickt in den Himmel.

Zwei große, saftige Dönerspieße drehen sich im Uhrzeigersinn und werden mit jeder vollendeten Umdrehung krosser. Der gute, schwere Duft erfüllt die Nase schon unmittelbar vorm Betreten des Ladens. Appetitlich ist auch der Blick in die prall gefüllte Kühltheke, in der Gurken, Tomaten, Eisbergsalat, Kraut, knackige Zwiebeln und verschiedene Saucen in großen Metallschalen bereitstehen. An der Wand hängen bemalte Teller, Tonkrüge, kleine Poster einer türkischen Fußballmannschaft aus dem Viertel und ein Bild von Istanbuls Skyline bei Nacht.

Sein Onkel, dem der Laden gehört, begrüßt Hassan mit einer Umarmung und zwei Küssen. „Was wollt ihr essen, Jungs?", fragt der schnauzbärtige Mann und geht hinter die Theke.

„Zwei große Döner und dazu Ayran."

Als Hassan sein letztes Geld herausholt, um zu bezahlen, winkt sein Onkel demonstrativ ab. „Is schon gut."

Er bringt den Jungs zwei Chai an den Tisch. „Wie gehts dein Eltern?"

„Gut", sagt Hassan und schüttet Zucker in seinen Chai.

„Und wie gehts Fatima – sie studiert jetzt, ja?"

„Auch gut und ja." Er nippt an der Tasse.

„Wir sind alle sehr stolz auf sie", verkündet der Onkel und stellt ihnen zwei Teller mit gut belegten Dönern hin.

„Und, Çocuk, wie läuft die Ausbildung?"

Hassan versucht das zu ignorieren und beißt in seinen saftigen Döner. Sein Onkel steht auf, holt zwei große Gläser Ayran, stellt sie auf den Tisch und wiederholt: „Wie läuft dein Ausbildung?"

„Amca", sagt Hassan entnervt und lässt seinen Döner auf den Teller fallen.

„Was, Amca?"

„Hab abgebrochen."

„Was? Wieso?"

„Darum. Hab keine Lust mehr gehabt. Das war nix für mich."

Der Onkel guckt Hassan an und die Enttäuschung ist ihm deutlich anzusehen. Er geht wieder hinter den Tresen und sagt zornig: „Wenn wir immer aufgehört hätten, weil wir kein Lust hatten ..." Doch als Kunden den Laden betreten, setzt er ein Lächeln auf und wischt seinen Tresen.

Hassan schlingt seinen Döner in Rekordzeit hinunter und trinkt den Ayran aus. „Komm, lass verschwinden. Kein Bock mehr."

„Aber ich bin noch nicht fertig."

„Komm jetzt!" Er steht auf, zieht sich seine Jacke und seine Mütze an und stürmt zur Tür. „Danke, Amca", sagt er, bevor er die Tür hinter sich und Marius schließt.

Draußen wird es noch dunkler und kleine Schneeflocken fallen langsam vom Himmel. Hassan holt die Zigarette heraus, die er sich für später aufbewahrt hat, dreht sich gegen den Wind und versucht sie anzuzünden, als Marius mit seinem Döner in der Hand hinterherkommt, darum bemüht nicht zu kleckern.

„Also, wann wollen wir den Gras rauchen?", fragt Marius.

„Das heißt ‚das Gras'", korrigiert ihn Hassan, nimmt einen tiefen Zug und pustet den Rauch gen Himmel.

„Mein ich doch." Er will gerade noch etwas hinzufügen, als er plötzlich verstummt. Er dreht sich reflexartig um und sieht zwei dunkel gekleidete Personen vor ihnen stehen: zwei Polizisten.

„So, die Herren. Einmal die Ausweise, bitte."

„Wieso?", erwidert Hassan. „Wir haben doch nix gemacht."

„Dieser Stadtteil wurde als Gefahrengebiet ausgewiesen. Insofern dürfen wir jeden Passanten kontrollieren, ohne dass eine konkrete Gefahrensituation vorliegen muss. Oder haben Sie etwa schon vergessen, was vorgefallen ist?"

Hassan greift in seiner Tasche nach seinem Portemonnaie und spürt die kleine Tüte Gras, die er ganz vergessen hat. Er reicht dem Beamten seinen Ausweis und wirft Marius einen Blick zu, der so viel sagt wie: „Scheiße, hoffentlich durchsuchen sie nicht unsere Taschen."

„Und wo geht es hin?", unterbricht einer der Polizisten Hassans Gedankengang, während der andere die Personalien notiert.

„Nach Hause."

„Und wo ist ‚zu Hause'?"

„Guck doch auf den Ausweis", kontert Hassan und Marius muss sich ein Grinsen verkneifen.

Nach einer kurzen Pause reicht der Polizist den Jungs ihre Personalausweise zurück und setzt wieder seine Polizeimütze auf. „Alles klar. Macht keinen Mist, Jungs!"

Sie gehen und jetzt erst bemerkt Marius den Polizeiwagen, der die ganze Zeit hinter ihnen stand. Und plötzlich muss er wieder an den Satz denken, der an der Wand stand: „Der Mensch sitzt und wartet nur darauf, dass alles schief geht".

Noch 4 Stunden und 54 Minuten.

„Ich schwör, ich hass diese Drecksbullen", schimpft Hassan, als er mit Marius die Spielhalle in der Nähe des Bahnhofs betritt.

„Sei mal lieber froh, dass wir nicht hops gegangen sind."

„Is mir egal."

„Ja, dir is das egal. Ich hab aber keinen Bock, wieder ne Nacht in der Zelle zu verbringen", sagt Marius, setzt sich an einen freien Spielautomaten, wirft vier Euro ein und wählt das Spiel *Frootys* aus. Währenddessen geht Hassan an die Bar, bestellt sich einen Red Bull für zwei Euro und geht auf einen der Spielautomaten zu. Doch als er merkt, dass da schon jemand Geld eingeworfen hat, bleibt er verwirrt stehen und nippt langsam an seiner Dose.

Kirsche. Sieben. Glocke. Sieben.
Marius drückt ungeduldig auf den Startknopf.
Kirsche. Kirsche. Pflaume. Glocke.
Glocke. Kirsche. Pflaume. Kirsche.
Er verspielt seine letzten zehn Cent und haut genervt gegen den Automaten.

„Lass mich jetzt ran", fordert Hassan, zieht Marius vom Sessel, lässt sich hineinfallen und wirft sein ganzes Geld – 9,50 Euro – in den Automaten.

„Willst du nicht was aufheben?"

„Ach, Marius, mein polnischer Bauernfreund." Hassan steht auf, um sicherzugehen, dass er seine komplette Aufmerksamkeit hat, und fährt fort: „Wenn man im Leben gewinnen will, dann muss man etwas riskieren. No risk no ... ähm" – sein Blick schweift kurz nach oben – „no fun."

Marius steckt sich eine Zigarette an. „Ich hoff mal, du holst was raus. Ich hab nämlich bald keine Ziesen mehr."

„Vertrau mir. Das wird 'n Erfolg."

Gerade als er was sagen will, klingelt Marius' Handy. „Schnitter ruft an. Komisch."

„Was will der Wichser?"

Doch als Marius rangehen will, hat Schnitter bereits aufgelegt, und er hört nur das monotone Piepen auf der anderen Seite der Leitung. „Dann eben nicht", sagt Marius und blickt auf das Display von Hassans Spielautomaten, wo nur noch *6,25 €* angezeigt werden. „Wie machen wir das eigentlich mit der ...", er blickt um sich, um sicherzugehen, dass keiner sie beobachtet, und fährt dann leise fort: „na ja, du weißt schon. Mit der ..."

„Mit der Knarre?", unterbricht ihn Hassan extra laut, um ihn zu provozieren. „Der geilen Wumme?"

„Halt dein Maul! Und, ja."
3,45 €
„Also, wir machen das so ..."

24

1,15 €

„Wir gehn gleich zu einem Kollegen von meim Cousin, der uns eine Knarre ausleiht."

„Und du denkst, er macht das auch wirklich?"

1,95 €

„Ja, er schuldet mir eh noch nen Gefallen, weißt, was ich mein."

0,85 €

„Und wenn wir alles durchgezogen haben, geb ich ihm die Knarre zurück und dazu fünfhundert Euro aus unsrer Beute."

0,00 €

„Fuck!", schreit Hassan auf. „Alles verloren!"

„Du blöder Wichser", sagt Marius und greift nach der Red-Bull-Dose. „Dann müssen wir uns gleich Ziesen schnorren."

Wie auf Zuruf kommen drei Russen in die Spielhalle und erblicken Hassan und Marius.

„Ey, Nikita!", ruft Hassan und dreht sich mit dem Stuhl zum Ausgang.

„Hassan, du hässlicher Kanake", erwidert Nikita, der kurz geschorene Haare trägt, und geht auf ihn zu. „Lang nicht gesehen."

Sie umarmen sich, dann füttert Nikita den Spielautomaten mit etwas Kleingeld.

„Man erzählt sich da was."

„Hast du ne Ziese?", fragt Hassan und merkt, dass sein polnischer Freund und die zwei anderen Russen an der Bar stehen und Bier bestellen. Nikita holt eine Big Box aus der Jackeninnentasche, öffnet sie und klopft einmal mit dem Daumen unter die Packung, sodass mehrere Zigaretten rausploppen.

„Kann ich auch drei nehmen?"

„Sicher", sagt Nikita mit einem Lächeln.

„Also" – Hassan holt sein Feuerzeug raus und zündet sich eine Zigarette an – „was hast du gehört?"

„Du hast da 'n großes Ding am Laufen?"

„Vielleicht."

Einer der Russen kommt wieder und reicht Nikita eine Flasche Bier.

„Du musst aufpassen", sagt Nikita und nimmt einen großen Schluck. „Seit Ahmet das durchgezogen hat, sind die Bullen auf Zack. Und seit der Bullen-Schlägerei ... meine Fresse, geht mir diese Scheiße auf den Sack. Du kannst nicht mal einkaufen gehn, ohne dass die deine Papiere sehn wolln."

„Ich weiß", sagt Hassan und pustet den Rauch in Richtung des Displays. „Uns haben se vorhin auch schon kontrolliert."

Als keiner etwas sagt, ergreift Hassan wieder das Wort: „Digga, willste ne geile Uhr kaufen?"

„Zeig ma her."

Der Russe hält die Uhr gegen das Licht. „Welche Marke?"

„Zeppelin."

„Hmmm ... ich denk nicht."

„Warte, lass mal sehen", sagt plötzlich ein Typ, der am benachbarten Spielautomaten sitzt und sich in Richtung der Jungs dreht. „Wie viel willst du dafür?"

Hassan wirft einen Blick auf den Spielautomaten, den der Typ mit circa hundert Euro gefüttert hat, und sagt selbstbewusst: „Siebzig".

„Ach, hau mal ab, ich geb dir Maximum nen Fuffi, mehr nicht."

Hassan überlegt kurz. Fünfzig Euro ist eigentlich ein guter Preis und er will nicht seine ganze Zeit damit verbringen, Uhren zu verticken, er muss sich schließlich auf wichtigere Aufgaben konzentrieren. Also willigt er ein.

Der Typ holt einen druckfrischen Fünfzigeuroschein aus seiner Brieftasche und steckt ihn Hassan zu. Im Gegenzug darf er sich eine neue Armbanduhr umschnallen. Er schüttelt Hassan die Hand, wie es sich nach einem erfolgreichen Geschäft gehört, und wendet sich wieder seinem Spielautomaten zu.

„Alles klar", ergreift Nikita das Wort. „Viel Erfolg mit dem, ähm, du weißt schon." Er haut mit der Flasche leicht gegen den Automaten, so als wolle er mit ihm anstoßen, und verlässt mit seinem Gefolge die Spielhalle.

Hassan dreht sich selbstzufrieden mit dem Stuhl in Marius' Richtung und wedelt mit dem Fünfzigeuroschein. „Davon kannst du dir Kippen kaufen, bis du tot umfällst."

Noch 3 Stunden und 11 Minuten.

„Hier", sagt ein Mann mit weißem Unterhemd, einem Dreitagebart und langen schwarzen Haaren, die er sich zu einem Pferdeschwanz zusammengebunden hat. Er reicht Hassan die schwere Pistole, und der nimmt sie mit strahlenden Augen entgegen.

„Glock 17 aus Österreich", sagt der Mann und geht ans Fenster. Er schiebt die Jalousien zur Seite und riskiert einen Blick nach draußen. „Neun Millimeter Kaliber. Im Magazin ist Platz für siebzehn Schuss – und dank der hohen Zuverlässigkeit", er geht auf Hassan zu und nimmt ihm die Waffe ab, „ist das hier", er fuchtelt damit in der Luft herum, „die meistbenutzte Waffe in Europa. Versteht ihr?"

„Geil", sagt Hassan und will gerade nach der Waffe greifen, als der Typ seine Hand wegzieht. „Genau eine Woche", sagt er. „Also nächsten Mittwoch treffen wir uns vor der Spielhalle und ihr bringt mir mein Baby hier und siebenhundert Euro in großen Scheinen mit, kapisch?"

„Siebenhundert? Ich dachte, es waren fünfhundert?", hakt Marius nach.

„Siebenhundert . Und keinen Cent weniger!", antwortet der Mann und richtet die Waffe auf Marius.

„Ja, is klar, siebenhundert in bar", sagt Hassan und reißt ihm die Waffe aus der Hand. „Hör auf mit dem Scheiß!"

Der Mann lacht leicht irre und geht ein paar Schritte zurück. „Wollt ihr Chai?"

Marius schweigt, Hassan verneint und steckt die Waffe in seine Jackeninnentasche.

„Wo steckt diese Schlampe?“, brüllt der Mann und geht von einem Raum in den nächsten.

„Wer?“

„Meine Frau. Sie soll uns Tee machen.“

„Mal ne andere Sache: Hast du auch Munition für uns, Ali?“

Ali dreht sich um. „Klar.“ Dann geht er schnell in die Küche, und sie hören ihn brummen: „Diese dumme Schlampe is wieder verschwunden. Dann mach ich uns jetzt Tee.“

„Munition?“, fragt Marius und hält Hassan dabei am Oberarm fest.

„Für alle Fälle.“

„Digga, so war das nicht abgesprochen.“ Marius drückt ihn an die Wand. „Wir haben gesagt, wir holn uns die Knarre, um den Typen zu erschrecken. Mehr nicht. Keine Munition und auch keine Schüsse.“

„Komm schon, mach keinen Scheiß“, erwidert Hassan beinahe bettelnd. „Eine Waffe ohne Munition?“

„Ja, das war der verfickte Deal!“

„Is was?“, ruft Ali aus der Küche.

„Neh, alles gut.“

„Ich find den scheiß Tee nicht, Jungs.“

„Macht nix“, ruft Marius und sagt dann etwas leiser zu Hassan: „Wieso brichst du unsere Abmachung?“

Hassan legt väterlich die Hand auf Marius’ Schulter. „Lass uns einfach die Munition mitnehm. Es wird nix passiern. Das versprech ich dir. Okay?“

„Okay“, sagt Marius nach einer kleinen Pause.

„Okay?“

„Okay!“

„Tja, Jungs“, sagt Ali, der wieder im Wohnzimmer steht und zusieht, wie die Jungs sich fast umarmen, „wartet mit euerm

Rumgeschwule, bis ihr zu Hause seid, klar?" Nach einer kurzen Pause fängt er an zu lachen. Doch er ist der Einzige, der das tut. „Und ich find den Tee nicht. Sorry. Die Schlampe hat bestimmt wieder alles ausgesoffen."

„Kein Ding."

„Aber ich hab Munition. Das ist fast genauso gut wie Tee", sagt er und geht lachend zu einem Regal neben dem Fernseher.

Noch 1 Stunde und 35 Minuten.

Hassan und Marius haben sich ein großes Bier gekauft und sitzen wieder auf dem Spielplatz, auf dem sie sich vor einigen Stunden getroffen hatten. Die Sonne ist bereits untergegangen und die einzigen Lichtquellen sind jetzt die Straßenlaternen und die leuchtenden Fenster in den Hochhäusern. Hassan entleert den Inhalt seiner Tasche und findet dort drei Zigaretten, eine Packung Longpapers und die Tüte Gras, die sie von Martin gekauft haben. „Perfekt", sagt er und schmeißt Marius die Longpapers rüber. „Mach uns nen Filter."

Aus der Gesäßtasche holt Hassan einen alten Partyflyer, auf dem in dicker Schrift *Black Party No. 15* steht. Er knickt ihn in der Mitte und leckt eine der Zigaretten an, sodass sich das Papier auflösen kann und der Tabak auf den Flyer fällt. Anschließend öffnet er das Tütchen, riecht einmal kräftig dran und kippt den Inhalt ebenfalls auf den Flyer.

„Weißt du, was da auf der Wand steht?", fragt Marius, als er den Filter zu Ende gedreht hat.

„Wo, Digga?"

„Da, neben den Mülltonnen?"

„Kein Plan, Mann. Ich sehs von hier nicht", erwidert Hassan und zerbröselt die Gras-Tabak-Mischung zwischen seinen Fingern.

„Da steht so etwas wie: ‚Der Mensch sitzt und wartet nur darauf, dass alles schief geht.'"

„Und was bedeutet der Scheiß?", fragt Hassan, nimmt den Filter entgegen und holt ein hauchdünnes Blättchen raus.

„Ja, keine Ahnung. Aber irgendwie is da doch was Wahres dran, oder? Ich mein, wir sitzen hier, kiffen und wissen nicht mal, wie's weitergeht", sagt Marius. Doch Hassan hört ihm nicht zu, denn er ist damit beschäftigt, den perfekten Joint zu bauen. Als er damit fertig ist, leckt er die Seite zur Stabilität noch mal an, und blickt dann Marius an. „Da hat irgendnen Penner nen Spruch an die Wand gesprüht und du zerbrichst dir den Kopf drüber? Digga, komm ma wieder klar auf dein Leben. Wir haben andre Dinge, an die wir denken müssen."

„Ach, ich weiß auch nicht", erwidert Marius, als sein Handy klingelt. „Es ist schon wieder Schnitter."

„Scheiß auf den." Hassan zündet sich den Joint an und nimmt einen tiefen, befriedigenden Zug, bevor er sich nach hinten lehnt. Marius steckt sein Handy weg und klemmt den Joint zwischen seine Lippen. Es fängt wieder an zu schneien.

Noch 58 Minuten.

„Ey, du Hurensohn!", schreit Hassan und läuft auf einen Jungen zu, der gerade sein Fahrrad aufschließen will. Er packt ihn am Kragen und schmeißt ihn zu Boden.

„Du kleiner Wichser!" Marius taucht auf und tritt mit voller Wucht gegen das Fahrrad.

„Was wollt ihr?", schreit der Junge, und man hört die Verzweiflung in seiner Stimme.

„Du schuldest uns noch Geld. Hast du das etwa vergessen?"

„Ich hab's grad nicht bei ..."

„Halt die Fresse!", unterbricht ihn Hassan. Nach einer kurzen Pause fährt er fort: „Hol deine Brieftasche raus."

„Was? Nein!"

„Er hat gesagt, hol deine scheiß Brieftasche raus!", sagt Marius.

„Nein, fickt euch!“, erwidert der Junge selbstbewusst, doch man spürt, dass er es nur vorspielt.

„Wie redet der mit uns?“, fragt Hassan lachend und dreht sich dabei im Kreis. Dann bleibt er stehen, und seine Stimmung ändert sich. Er geht einen Schritt auf den Jungen zu und schlägt ihm mit der Faust direkt ins Gesicht. Der Junge schreit auf. Marius bückt sich zu ihm und packt ihn am Kragen. „Hör zu, Kleiner! Nächste Woche kommst du zu uns und gibst uns unser Geld, kapisch?“

„Aber das ist doch nur ein Zwanni.“

Als er noch etwas sagen will, greift Hassan in seine Jacke und holt die Pistole raus. Er zielt auf den Jungen, und ein leichtes Lächeln zaubert sich in sein Gesicht. „Und wenn du nächste Woche nicht auftauchst“, jetzt hält er die Glock 17 schräg, wie ein Gangmitglied aus einem schlechten Hollywood-Streifen, und fährt fort, „dann gehst du zu deim Gott!“

„Was soll der Scheiß, Mann?“, schreit Marius, geht schnell auf ihn zu, zieht die Waffe nach unten und blickt hastig um sich, um sicherzugehen, dass niemand sie beobachtet hat. „Du blöder Wichser. Willst du mich verarschen?“

„Was denn?“, fragt Hassan irritiert und steckt schnell die Knarre wieder ein.

„Stell dir vor, jemand hätte uns hier gesehen!“ Marius blickt noch einmal ungeduldig durch die Gegend. „Dann wäre alles vorbei.“

„Beruhig dich mal, da war nicht ma Munition drin.“

„Hier laufen überall die scheiß Bullen rum. Und du fuchtelst hier mit der Wumme rum. Du bist doch behindert, Junge!“

Marius schüttelt den Kopf und dreht sich zu dem Jungen um, als er merkt, dass der bereits verschwunden ist. Er hat nur sein Fahrrad dagelassen. „Toll“, sagt Marius und holt seine letzte Zigarette raus. „Du hast ihn verjagt.“

Noch 20 Minuten.

Die beiden Jungs sitzen in einem Gebüsch direkt gegenüber der Tankstelle und starren wie versteinert das spärlich beleuchtete Gebäude an. Alles menschenleer, schon seit über fünfzehn Minuten ist kein Auto vorbeigefahren, man sieht lediglich den Tankwart hin und her laufen, Flaschen in den Kühlschrank sortieren und etwas in einer Liste abhaken. Als die Jungs in ihrem Versteck ankamen, sah man noch den großen runden Vollmond, doch in der Zwischenzeit sind dunkle Wolken aufgezogen und es fängt an zu regnen. Aber kein gewöhnlicher Nieselregen, wie man ihn in Hamburg gewohnt ist, sondern ein richtiger Schauer.

Hassan holt zwei Taschen aus dem Gebüsch und öffnet sie. Darin befinden sich Skimasken, von denen er Marius eine zuwirft. „Hier, zieh das an."

„Wozu?"

„Wozu? Weil da überall Kameras sind, vielleicht?"

„Hm", gibt Marius von sich und zieht seine Skimaske über. Die Baumwolle saugt sich blitzartig mit Wasser voll und auch die Kleidung wirkt jetzt viel schwerer und unbequemer.

„Okay, bist du bereit?", fragt Hassan und tastet seine Jacke ab, um zu kontrollieren, ob die Waffe noch da ist.

„Ich weiß nicht, die ganze Sache is doch irgendwie scheiße", sagt Marius zögerlich.

„Welche Sache?"

„Das mit dem Gefahrengebiet und so. Glaubst du, das ist ne gute Idee, ne verfickte Tanke zu überfallen, wenn's nur so von Bullen wimmelt?"

„Seit wann bist du denn so ne Pussy?", erwidert Hassan und schiebt seine Maske über die Nase. „Das wird schon alles gut gehn, hier fahrn die Bullen nie vorbei."

„Hmm."

„Sei mein Bruder. Komm jetzt einfach." Er zieht sich die Maske wieder komplett übers Gesicht, sagt: „Los gehts!", und will gerade losstürmen, als ihn Marius zurückhält: „Da kommt ein Auto!"

„Fuck!" Er lässt sich wieder ins Gebüsch fallen und schiebt die kahlen Zweige zur Seite, um besser sehen zu können.

Ein Audi A3 hält vor der ersten Zapfsäule und ein junges Mädchen steigt aus.

„Scheiße, das ist doch Maria."

Marius kneift seine Augen zusammen. „Stimmt." Er hält kurz inne. „Ich wollte schon immer mit ihr ausgehen."

„Aber?", erwidert Hassan und blickt ungeduldig zur Tankstelle.

„Ich weiß nicht, hab mich irgendwie nicht getraut."

„War die nicht mal mit Boris zusammen?"

„Du meinst, Maxim."

„Neh, ich glaub, sie war mit dem Boris zusammen." Hassan dreht sich von Marius weg.

„Ist ja auch egal. Wenn wir das hier gut überstehen, werde ich sie ansprechen."

Doch Hassan hört ihm nicht mehr zu. Er hat Marius den Rücken zugekehrt und holt vorsichtig die Pistole raus. Er versichert sich mit einem kurzen Blick, dass Marius ihn nicht beobachtet, dann greift er in der rechten Jackentasche nach Munition und füllt das Magazin auf; ganze siebzehn Schuss.

Währenddessen bezahlt Maria, läuft zu ihrem Auto und verlässt die Tankstelle.

„Okay, sie ist weg", sagt Marius und seine Augen scheinen ihm einen Streich zu spielen, denn er hat das Gefühl, dass der Regen sich schwarz färbt.

Noch 58 Sekunden.

„Wollen wir das wirklich durchziehen?", fragt Marius und blickt in den schwarzen Himmel.

„Scheiße, ja, Mann!"

„Okay", sagt er und ist sich nun zu hundert Prozent sicher, dass sich der Regen schwarz gefärbt hat.

„Okay?", fragt Hassan ein letztes Mal eindringlich.

„Okay!"

00:00:00

Sie stürmen aus dem Gebüsch und laufen vorsichtig den kleinen Hügel hinunter. Kurz vor der Straße bleiben sie stehen, blicken sich an, und Hassan nickt. Sie überqueren gemeinsam die Straße. Sie nähern sich der Tankstelle und Marius kommt alles wie in Zeitlupe vor. Die elektronische Tür öffnet sich langsam und das Geräusch, wenn jemand den Laden betritt, ertönt: *Tö Döööö* und noch einmal *Tö Döööö*.

Der Tankwart ist ein Mann um die Fünfzig mit grauem, lichtem Haar und einem mageren Gesicht. Er trägt ein Namensschild mit der Aufschrift „Schneider" und steht am Kühlschrank. Als er die beiden Maskierten sieht, lässt er zwei Bierflaschen fallen. Die Flaschen zerbrechen am Boden, Bier und Glasscherben verteilen sich in alle Richtungen. Ein Flaschenhals rollt in Hassans Richtung und bleibt direkt vor seinem Fuß liegen.

Hassan greift in seine Jacke und holt die Pistole raus. „Geh an die Kasse, du dummer Wichser!", schreit er und bewegt sich auf den Mann zu. „Und mach kein Scheiß!"

Der Tankwart bleibt wie versteinert stehen und reißt seine Arme in die Luft. Erst als Hassan ganz laut „Na los!" schreit, bewegt er sich zur Kasse. „A... aber ich kann die Kasse nicht aufmachen", sagt er nervös und zuckt mit den Schultern.

„Is mir scheißegal!"

Der Tankwart greift mit zittrigen Händen nach einem Schokoriegel und scannt diesen ein. Plötzlich macht es *Bling* und die Kasse öffnet sich.

„Na siehst du", sagt Hassan und schmeißt ihm seine Tasche zu. „Schön voll machen."

Währenddessen läuft Marius einmal um den Tresen und füllt seine Tasche mit Zigaretten. Die ganze obere Reihe: Marlboro, L&M, Lucky Strike, Pall Mall, KENT, Camel und JPS.

„Pack noch Davidoff ein", sagt Hassan und fuchtelt mit der Waffe.

„Hm", erwidert Marius und guckt in die volle Tasche, „kein Platz mehr."

„Dann schmeiß was raus."

Daraufhin greift er in die Tasche und wirft circa sieben Packungen Pall Mall auf den Boden.

„Nein, du Idiot, doch nicht die Pall Mall!"

„Ja, welche denn?"

„Keine Ahnung", sagt Hassan und dreht sich wieder zum Tankwart. „Marlboro, oder so."

„Die sind aber ganz unten, weil ich sie als Erstes eingepackt hab."

„Argh ... is auch egal."

Marius zuckt mit den Schultern, füllt die Tasche mit Davidoffs auf und verschließt sie.

Währenddessen füllt der Tankwart die andere Tasche mit Scheinen, zuerst die Fünfer, dann die Zehner, dann die Zwanziger, dann die Fünfziger und zu guter Letzt holt er aus dem Seitenfach einen grünen Hunderteuroschein raus und legt ihn in die Tasche. Als er nach den Münzen greifen will, fällt ihm etwa ein Dutzend von den Zwei-Euro-Münzen auf den Boden. Er bückt sich und greift mit zittrigen Händen nach seinem Halsband, an dem sich der Schlüssel für den Elektrokasten und ein kleiner schwarzer Anhänger befinden. Dieser Anhänger ist das neue mobile Sicherheitssystem der Tankstellen, das sie vor circa einem Monat eingeführt haben. Drückt man den Knopf daran dreimal hintereinander, wird ein stummer Alarm ausgelöst und die Polizei ist in wenigen Minuten vor Ort. Der Tankwart drückt den Knopf, hebt die Münzen auf und macht die Kasse leer.

„So, jetzt noch deine Brieftasche."

Der Mann zögert kurz, doch als Hassan die Waffe direkt auf ihn richtet, holt er schnell sein Portemonnaie heraus und wirft es ebenfalls in die Tasche.

Hassan greift nach ihr, wirft einen kurzen Blick rein und schmeißt sie auf den Boden. „Willst du mich eigentlich verarschn?"

„Was denn?"

„Das kann doch nicht alles sein, das sind nicht ma tausend Euro."

„Meh... mehr war nicht in der Kasse, ehrlich", stottert der Tankwart, „heute war ... es war nichts los heute."

„Halt deine verfickte Fresse!", schreit Hassan und beugt sich über die Theke, um in die offene Kasse zu sehen. Als ihm klar wird, dass der Tankwart tatsächlich den ganzen Inhalt in die Tasche gepackt hat, greift er nach den schwarzen Plastikfächern in der Kasse und schleudert sie gegen das Weinregal, wobei ein paar Flaschen zu Bruch gehen. Jetzt ist der Boden mit Bier, Wein und Glasscherben bedeckt. „Wo sind eure verfickten Vorräte?"

„Es ... ähm", der Tankwart schluckt, „es gibt keine Vorräte, wir haben nur das, was in der Kasse war."

„Halt deine dumme Fresse!", schreit Hassan rasend vor Wut und lädt die Pistole durch. „Ich leg dich um, du kleiner Pisser!", zischt er mit knirschenden Zähnen, als plötzlich Marius dazwischen geht.

„Digga, was soll der Scheiß?"

„Halt dich da raus!"

„Alter!", brüllt Marius und zieht Hassans Arm runter. „Willst du mich verarschen? Wir habn doch das scheiß Geld, lass es uns nehmen und verschwinden."

„Warte, gleich", sagt Hassan und richtet die Waffe wieder auf den Tankwart. „Gib uns die Vorräte oder ich leg dich um."

„Verdammte Scheiße!“, schreit Marius und greift nach der Waffe. „Es gibt keine Vorräte.“

Die beiden maskierten Jungs stehen vor der Theke und ringen um die Waffe. Nach ungefähr einer Minute schafft es Marius, die Oberhand zu gewinnen, und reißt Hassan die Waffe aus der Hand. „Wir wollten damit“, er fuchtelt mit ihr in der Luft herum, „doch nur den Wichser an der Kasse erschrecken. Mehr nicht.“

„Du bist ein Schisser“, sagt Hassan enttäuscht und geht einen Schritt zurück, um sich nach der Tasche zu bücken.

„Checkst du’s nicht? Hier ist nix mehr zu holen. Lass ma abhauen, bevor die Bullen kommen oder so.“

Während sich die Jungs streiten, schielt der Tankwart ungeduldig aus dem Fenster und fragt sich, ob das Alarmsignal überhaupt bei der Polizei angekommen ist.

„Der Hurensohn versteckt hier noch irgendwo Geld. Warum hat Ahmet sieben Mille rausgeholt und wir nicht ma eine?“

„Halt deine Schnauze!“, zischt Marius, als er hört, wie laut Hassan den Namen ihres Bekannten ausspricht. Hassan wirft sich die Tasche um. Plötzlich ertönen laute Sirenen, die dem Tankwart einen beruhigten Seufzer entlocken. Kurz darauf ist der Vorplatz der Tankstelle mit Streifenwagen gefüllt, deren Signalleuchten den Himmel blau färben. Das Bier-Wein-Glasscherben-Gemisch auf dem Boden reflektiert die Lichter von draußen in immer gleichen Intervallen.

Die Tür öffnet sich, der Sound ertönt wieder – *Tö Döööö* – und vier Polizisten stehen mit der Hand am Holster vor den Jungs. *Tö Döööö.*

Und dann passiert etwas, das sich keiner so recht erklären kann: Wohl aus einem Reflex heraus – oder aus Angst – richtet Marius den Revolver auf einen der Polizisten. Dieser zieht blitzschnell seine Waffe und …

ein lauter Knall.

Marius sackt zusammen.

Sein weißes T-Shirt färbt sich rot.

Auf dem Boden:
Scherben, Bier, Wein, dunkles Blut.

Hassan fällt auf die Knie – sein bester Freund!

Drei Polizisten stürmen auf Hassan zu, drücken sein Gesicht gegen den Boden. Die kalten Handschellen umschließen sein warmes Handgelenk, so als wollten sie ihn nie wieder loslassen. Hassan verrenkt seinen Kopf und sieht, wie sein bester Freund röchelnd vor ihm liegt. Ihre Blicke treffen sich. Noch lebendig schauen Marius' Augen ihn an. Sie schauen ihn fragend an und suchen in den Augenpaaren des Gegenübers nach Antworten. Ehe sie nach und nach an Glanz und Kraft verlieren.

Als Hassan mit gesenktem Kopf auf dem Rücksitz des Peterwagens sitzt, denkt er nicht an seinen Freund, seine Zukunft oder an seine Familie. Nein. Er denkt lediglich an den Satz, der an der Wand stand: „Der Mensch sitzt und wartet nur darauf, dass alles schief geht".

Poolboy

Ich betrachte voller Stolz das Beet: rote und gelbe Tulpen, die zusammen ein Wellenmuster ergeben. Ich habe über sieben Monate gebraucht, um die passenden Sorten zu finden und sie in der richtigen Reihenfolge zu pflanzen. Und dabei handelt es sich nicht um irgendwelche Tulpen, die man an jeder Tankstelle bekommt, sondern um echte Meisterwerke. Für die roten wählte ich *Mountain High* und für die gelben einen seltenen Darwin-Hybrid namens *Beauty of Apeldoorn*. Die Natur hält für uns eben die prächtigsten Farben und Formen bereit. Nichts Künstliches kann ihr das Wasser reichen. Der Anblick der gelben Tulpenwelle inmitten eines Meers aus roten Tulpen erfüllt mich mit Ruhe und Zufriedenheit.

Ich will prüfen, wie trocken die Erde ist, und als ich meinen Zeigefinger in den warmen Boden stecke, bemerke ich, dass ich völlig vergessen habe, meine Armbanduhr abzunehmen. Ich schnalle sie ab und halte sie gegen das Sonnenlicht. Eine Zeppelin-Uhr, die ich vor ein paar Monaten für schlappe fünfzig Euro von einem Türken gekauft habe. Ein echtes Schnäppchen, denn dieses Modell kostet eigentlich um die zweihundert Euro. Aber das interessiert den Türken jetzt auch nicht mehr, denn noch am selben Tag hat er mit seinem Kollegen eine Tankstelle überfallen. Sein Komplize hat sich mit der Polizei eine kleine Schießerei erlaubt und ist dabei draufgegangen. So steht es zumindest in den Zeitungen. Aber es geht auch das Gerücht um, dass er gar nicht geschossen und die Polizei ihn einfach so umgelegt habe. Das ist aber jetzt nicht mein Problem, denke ich, und stecke die Uhr sicher in meine Hosentasche.

Die Erde ist wirklich trocken, und ich überlege, wo ich gestern den Gartenschlauch verstaut habe, als sich plötzlich jemand von hinten nähert.

„Hey, Poolboy!"

Ich hüpfe vor Schreck hoch. Es ist von Minden, der Hausherr. Er trägt eine weiße Stoffhose und ein rosa Seidenhemd, das er nur bis zur Hälfte zugeknöpft hat. Dahinter verbergen sich leicht gekräuselte Brusthaare und ein altes Tribal-Tattoo aus den Neunzigern. Aber aus dem Teil der Neunziger, als so etwas noch als cool galt.

„Hör mal zu, Kleiner", sagt er und geht auf mich zu. Sein Atem riecht so stark nach Pfefferminz, dass es fast schon in den Augen brennt. „Was hattest du gestern in meinem Zimmer verloren?"

„Ich? Ich war nicht in ihrem Zimmer."

„Oh doch, ich hab dich im Flur gesehen, wie du da rumgeschnüffelt hast." Seine Stimme wird zunehmend aggressiver. „Du willst doch keine Probleme, hab ich recht?"

Ich zucke mit den Achseln.

Er legt seine Hand auf meine Schulter und formt seine Lippen zu einem widerlichen Lächeln, das so lange anhält, bis sein Blick auf mein Tulpenbeet fällt. „Und was soll dieser Scheiß?"

„Das sind Tulpen."

„Und wofür?", fragt er – und ich frage mich, wo er die letzten sieben Monate überhaupt war, wenn ihm das entgangen ist.

„Naja, Tulpen gelten als Symbol der Liebe und Zuneigung, und in der Literatur für Vergänglichkeit. Irgendwie hat doch das eine auch mit dem anderen zu tun, oder?"

Er starrt mich mit halboffenen Mund und einem sehr beunruhigten Blick an, aber ich fahre fort: „Haben Sie Josef Guggenmos gelesen?"

Als er nichts sagt, fange ich an, mit theatralischer Stimme sein Tulpen-Gedicht vorzutragen:

„Dunkel
war alles und Nacht.
In der Erde tief
die Zwiebel schlief,
die …"

„Bist du eine verdammte Schwuchtel oder so was?", unterbricht von Minden meinen Lyrikvortrag, schiebt mich zur Seite und geht direkt auf das Beet zu. „Ich wollte englischen Rasen – und zwar überall!" Er springt mit seinen weißen Lackschuhen mitten in die gelben Tulpen und trampelt drauf herum, als würden sie in Flammen stehen. „Sieht das für dich nach englischem Rasen aus?" Er springt ein paar Mal auf und ab, bevor er das Beet mit großen Schritten wieder verlässt. „Ich will englischen Rasen und keine Blumen, die als Symbol für Analverkehr zwischen Männern stehen. Habe ich mich deutlich genug ausgedrückt?"

„Ja", antworte ich, und versuche, meine Wut zu unterdrücken.

„Heute Abend schmeiße ich eine Cocktailparty mit ein paar Geschäftsfreunden. Dann will ich davon hier nichts mehr sehen!"

Ich presse meine Lippen zusammen und versuche so gut wie möglich die Worte ‚Alles klar' von mir zu geben.

„Jetzt sieh dir meine Schuhe an", sagt er, dreht sich um und läuft zurück zum Hauseingang.

Ich blicke auf die geknickten Pflanzen und gehe einen Schritt zurück. Tulpen sind auch ein Symbol für die Niederlage. Ich habe sieben Monate meines Lebens verschwendet – alles zunichtegemacht. Okay, von Minden. Jetzt reicht es. Diesmal wirst du nicht so einfach davonkommen. Keiner zerstört unbestraft meine Blumen oder beschmutzt die hohe Kunst des Dichtens. Dafür wirst du büßen! Und ich weiß auch schon, wie.

Ich pflücke eine rote Tulpe, halte sie kurz gegen das Sonnenlicht und stecke sie vorsichtig in meine Gesäßtasche. Ich muss irgendwo einen Laptop besorgen …

„Paul ist jetzt für einen Monat in New York", sagt Annika, die jüngere der beiden von-Minden-Töchter. „Und ich vermisse ihn jetzt schon."

„Hat er nicht ein neues Auto?", erwidert die ältere Schwester, Pauline, während sie am Küchentisch sitzt und ein Magazin durchblättert.

„Ja, so ein schickes schwarzes."

„Was für eins? Einen Audi?"

„Ich weiß nicht, was hat Paps noch mal für eins?"

„Einen Porsche?"

„Nein, Paul hat keinen Porsche", sagt Annika, holt sich einen Trinkjoghurt aus dem Kühlschrank und setzt sich zu ihrer Schwester an den Tisch.

„Sein Freund ist süß. Der Blonde, mit dem er letztens im OHON-Club war."

„Oh, du meinst Martin. Ja, er ist schon süß, aber er ist ja mit Claudia zusammen."

„Ich weiß", sagt Pauline desinteressiert.

Ich stehe die ganze Zeit im Flur und beobachte die Situation. Dann gehe ich ebenfalls in die Küche und durchsuche die Küchentheke und anschließend den Tisch.

„Hey, süßer Poolboy", begrüßt Annika mich. „Was geht?"

„Hey", erwidere ich und gehe zum Kühlschrank, um mir eine Flasche Wasser zu holen. „Kannst du mir nen Gefallen tun, Annika?"

„Du weißt doch, ich habe einen Freund", kichert sie.

„Das mein ich nicht. Könntest du mir deinen Laptop ausleihen – nur kurz?"

„Geht leider nicht. Den hab ich bei Jess gelassen."

„Mist", ärgere ich mich und nippe abwesend an der Flasche. „Und du, Pauline?"

„Vergiss es, Poolboy. Wer weiß, was für perverse Sachen du damit anstellst."

„Ach, komm schon. Ich bring ihn dir auch in ner Stunde wieder."

„Ich habe *Nein* gesagt", erwidert sie desinteressiert und nimmt sich ein neues Magazin vom Stapel.

„Du willst doch nicht etwa, dass der Herr Papa was von deinem kleinen Koksproblem erfährt, oder?" Ich mache eine kleine Pause, um die Worte wirken zu lassen.

„Wie bitte? Ich habe doch kein Koksproblem!", entgegnet sie mir selbstbewusst. Doch ich bleibe standhaft und fixiere ihren Blick.

„Ich habe kein Koksproblem."

Ihre Stimme wird mit jedem Wort unsicherer.

Ich schweige und schaue ihr tief in die Augen, so als könnte mein Blick sie daran hindern, sich zu bewegen.

Sie klappt langsam das Magazin zu.

„Ich. Habe. Kein. Koksproblem!"

Nach einer langen Pause ergreife ich wieder das Wort: „Du kriegst ihn in einer Stunde zurück, versprochen."

„Jetzt stell dich nicht so an, Paulinchen", sagt Annika und wirft mir einen Blick zu, den ich nicht so recht interpretieren kann.

Genervt lässt sie ihr Magazin fallen, stellt klar: „Eine Stunde!", geht aus der Küche, und ich höre, wie sie barfüßig über den geheizten Marmorboden tapst.

„Und wie gehts dir so?", will Annika von mir wissen.

„Ganz gut", antworte ich und blicke auf die digitale Uhr, die mir anzeigt, dass es kurz vor zehn ist.

„Was machst du denn hier?", fragt von Minden, der plötzlich in der Küche steht. Er hat seine Schuhe gewechselt, sein Hemd zugeknöpft und ein Sakko angezogen. „Musst du nicht arbeiten?"

Als ich etwas sagen will, meldet sich Annika zu Wort: „Ach, er hat gerade etwas für mich erledigt, Paps."

Nach einer kurzen Pause, in der mich von Minden mustert, sagt er: „Ach so", geht zu Annika rüber und gibt ihr einen Kuss, der meiner Meinung nach zu sehr an den Kuss eines Liebhabers, als an den eines Vaters erinnert. Er guckt ihr gierig in die Augen, dann fällt sein Blick auf mich und seine Mimik verliert an Ausdruck. „Ich geh dann mal ins Büro." Er holt sich aus dem Kühlschrank einen Trinkjoghurt und sagt beim Vorbeigehen: „Und du sorgst dafür, dass dieses hässliche Gestrüpp aus meinem Garten verschwindet."

Kaum ist er aus der Küche, taucht Pauline mit dem Laptop unter ihrem Arm auf. „Hier, Poolboy. In einer Stunde liegt er aber auf meinem Tisch!"

„Jawohl", versichere ich selbstsicher, obwohl mir klar wird, dass es auch länger dauern kann.

Ich laufe mit dem Laptop in der Hand aus dem Haus, durch den großen Garten, vorbei am Pool, direkt in das Poolhaus. Das kleine Häuschen ist besser ausgestattet als eine mittelständische Wohnung und ungefähr doppelt so groß wie meine kleine Bude am Stadtrand. So, von Minden, bald ist es soweit. Rache ist ein Gericht, das am besten kalt serviert wird. Und mir fehlt nur noch eine Zutat. Ich werfe den Laptop aufs Bett. Es ist 10.14 Uhr und es klopft an der Tür – überpünktlich.

Ich mache die Tür auf. Vor mir steht eine Frau im kornblumenblauen Bademantel, unter dem sich solariumgebräunte Haut verbirgt. Ich blicke auf ihr Dekolleté mit den Silikonbrüsten und obwohl sie mir gefallen, muss ich daran denken, dass nichts Künstliches die Natur ersetzen kann. Das Gleiche gilt auch für ihre vollen Lippen, die sie mir wollüstig entgegenstreckt. Sie ist da. Meine letzte Zutat: Frau von Minden.

„Hey, sexy Poolboy", sagt sie und zupft dabei an ihrem Bademantel hin und her.

Sie ist die restaurierte Ruine einer einstmals wunderschönen Frau. Doch die Jahre unter all den oberflächlichen „Freunden" und der Drang nach Perfektion sind nicht spurlos an ihr vorübergegangen. Ihr Seelenzustand ist nur noch ein Schatten ihrer selbst. Und dass ihr Mann sie seit Jahren betrügt, ist ihr schon lange bewusst. Sie weiß alles: von der Sekretärin, vom Dienstmädchen, von all den Nutten und seinen wöchentlichen Besuchen bei der Thai-Massage. Und dennoch ist sie bei ihm geblieben. Das Schlimmste sind jedoch die Blicke im Einkaufszentrum, im Fitness-Center oder beim Friseur. Alle lächeln ihr zu und denken sich ihren Teil. Und dass sie sich nach all den Jahren der Demütigung dazu entschlossen hat, sich mit dem Poolboy zu vergnügen, ist ihr nicht zu verübeln. Und ja, von Minden hatte recht, ich war letztens in seinem Zimmer. Aber ich habe dort nicht rumgeschnüffelt, sondern seine Frau gefickt.

„Du bist so schön braun."

„Na ja", sage ich leicht verlegen, „das ist wohl der Vorteil, wenn man den ganzen Tag draußen arbeitet." Ich greife in meine Gesäßtasche und hole die Tulpe hervor. „Hier, die ist für dich. Die Tulpe gilt als Symbol der Liebe und Zuneigung. Und in der Literatur als Zeichen für Vergänglichkeit." Ich mache eine kleine Pause und gehe einen Schritt auf sie zu. „Und auf eine gewisse Art und Weise ist das doch dasselbe."

„Ohhhh", entfährt es ihr und sie knickt ein wenig ein, so als würde sie ein Schwächeanfall überkommen. Sie lehnt sich an den Türrahmen und blickt verlegen auf den Boden.

„Komm doch rein", sage ich und gehe ein paar Schritte zurück.

„Okay", stöhnt sie leise und betritt das Poolhaus, „ich komme gleich wieder."

Als sie im Badezimmer verschwindet, schnappe ich mir den Laptop, schiebe ein paar Bücher im Regal zur Seite und stelle ihn so auf, dass der Bildschirm mit eingebauter Kamera auf das geräumige Bett zeigt. Dann verbinde ich mich mit dem Server der großen Plattenfirma, bei der von Minden CEO ist. Als ich drin bin, melde ich mich mit den Daten seiner Frau an und schalte die Webcam ein: LIVE-STREAM, DIREKT IN SEIN BÜRO.

Frau von Minden kommt zurück und lässt vorsichtig ihren Mantel fallen. Sie steht jetzt splitterfasernackt vor mir. Klar hintergehe ich mit dieser Aktion auch seine Frau und führe sie als Ehebrecherin vor. Aber dann trennen sie sich endlich, sie kriegt was von seinem Vermögen und kann ein neues, erfüllteres Leben beginnen. Sie wird es mir noch danken. Vielleicht nicht in absehbarer Zeit, aber sie wird es mir danken. Ich bin quasi ein moderner Robin Hood; nur ohne die komischen Strumpfhosen. Jeder kriegt, was er verdient.

Ich öffne meine Gürtelschnalle und gucke auf die grüne Kontrollleuchte der Webcam. Von Minden, du oberflächlicher, menschenverachtender Hurensohn, lehn dich zurück und genieß die Show!

Privet Tristesse

Ende. Die Leute sagen, es gibt kein glückliches Ende. Es gibt nur einen glücklichen Anfang und einen durchschnittlichen Mittelteil. Noch kann ich das nicht beurteilen.

Frühstück. Tanja, Katharina, Lena, Nora, Barmieze, wieder Lena, Olga und Ana-Monique. Wenn ich so darüber nachdenke, ist das Einzige, was mir dazu einfällt, dass Maria in ihrem Namen auch ein *a* hat.

80 kg. Noch ungefähr drei Monate. Ich verbringe meine Zeit in einem fensterlosen, verschwitzten Raum mit einer Langhantelbank, ein paar Kurzhanteln und einer Butterfly-Maschine. Im Fitnessraum läuft die Zeit schneller. Manchmal schwitze ich so sehr, dass mir der Schweiß in die Augen fließt und ich nichts mehr sehen kann. In zwei Monaten könnte ich 90 kg drücken, und in drei Monaten ist es endlich so weit.

Frühstück. Rot, braun, braun, wasserstoffblond, eine Mischung aus blond und braun, braun, schwarz und braun. Wenn ich so darüber nachdenke, ist das Einzige, was mir dazu einfällt, dass ihr Haar kastanienbraun mit dunklen Tönen ist.

MILF. Meine Jungs sagen, andere Mütter hätten auch schöne Töchter. Ich sage ihnen, die Mütter fick ich auch noch. Dann, als sie gehen, wird es ganz leer in mir.

90 kg. Ich drücke 90 kg, früher als erwartet. Das ist somit mein einziger Erfolg, den ich seit ein paar Monaten verbuchen kann. Brust und Bizeps schmerzen, aber nicht so wie die Augen, als ich nach dem Training aus dem fensterlosen Raum komme und die Sonne vollen Einsatz zeigt.

Noch zwei Monate und zwei Wochen.

Ich rufe Dimi an und frage, ob er was für mich hat.

Anfang. Es gab nur Filme und Spaziergänge. Und dann lagen wir im Bett und ich sang ihr das eine Lied aus der Werbung vor:

„Einsamkeit wird zu Zweisamkeit,
Aus einem Frühstücksei werden zwei ...“

FTOW. Meine Jungs sagen: „Fuck ten other women“. Ich sage Nein und mache es trotzdem. Die Zeit wird knapp. Noch einen Monat und drei Wochen.

Club. Frédéric Beigbeder hat mal gesagt: „Liebe hat nichts mit dem Herzen zu tun, diesem abstoßenden Organ, das nur eine Art blutgefüllte Pumpe ist. Liebe drückt zuerst auf die Lunge. Man sollte nicht sagen: ‚Du hast mir das Herz gebrochen‘, sondern: ‚Du hast mir meine Lunge erstickt‘. Die Lunge ist das romantischste aller Organe: Liebende haben immer Tuberkulose.“

Ich muss ihm zustimmen. Ich spüre bereits die ersten Anzeichen dieser Krankheit. Wir sind im Russenclub und ich ziehe mir mit meinem besten Kumpel Dimi auf dem Klo eine Line Pep vom Toilettendeckel. Wenn ich nicht trainieren kann, dann nehme ich Drogen. Das ist der einzige Weg, der mich davon abhält, durchzudrehen.

Entweder schwitzend irgendwelche Gewichte in die Luft stemmen oder schwitzend irgendwelches Pulver schnupfen. Eigentlich eine ziemlich sinnlose Aktion. Es wäre natürlich besser, nach dem Training einen Apfel zu essen. Aber so ist das nun mal. Beide Aktivitäten wechseln sich ab. Tagsüber, wenn die Sonne scheint, trainiere ich im fensterlosen Raum, und wenn die Sonne untergeht, ziehe ich mit den Jungs los. Das Studium kann warten. Ich bin damit beschäftigt, nicht den

Verstand zu verlieren – und das ist ein verdammter Fulltime-Job.

Im Club treffe ich das Mädel vom letzten Frühstück. Sie redet mit mir, aber ich höre nicht zu. Ich will von ihr weg, doch dann fährt sie doch mit zu mir und ich ficke sie so lange, bis ich einschlafe.

Am nächsten Tag denke ich mir, dass Alkohol und Disco-licht das wahre Make-up sind. Ich entscheide mich, damit aufzuhören und nur noch zu masturbieren. Da kommt wieder Frédéric Beigbeder ins Spiel: „Du wichst oft vor Videokassetten, seit du alleine lebst. Ständig kleben Kleenexfetzen an deinen Fingern. Als du dich von Sophie getrennt hast, hast du behauptet, Nutten wären dir lieber."

Haare. Noch zwei Wochen, und ich rasiere mich endlich wieder. Meine Jungs sagen, ich sehe mit Bart wie der bärtige Ryan Reynolds aus. Ich sage ihnen, ich fühle mich eher wie Zach Galifianakis, und rasiere mich. Ich kann mich nicht erinnern, dass sie den Bart je gemocht hat. Abends gibt's Ecstasy und Wasser.

Maiglöckchen. Ich entdecke ein altes T-Shirt von ihr. Und das ändert alles. Seit diesem Tag widerspreche ich Frédéric Beigbeder: Nicht die Lunge ist das romantischste aller Organe, sondern die Nase. Irgendwelche Forscher haben rausgefunden, dass Erinnerungen, die an einen Duft gebunden sind, am längsten gespeichert werden. Also wird die Nase auch Jahre später noch jemanden lieben, den man eigentlich aus seinem Leben ausradiert hat. Marcel Proust ersetzt Frédéric: „Ein kleiner duftender Lufthauch genügt, um den Menschen in Jahrzehnte alte Erinnerungen zurückzuversetzen."

Zeit. Noch eine Woche. Ich werde nervös und rufe ein Mädel von irgendeinem Frühstück an. Und auch wenn ich sie nicht mag, ficke ich sie, und sie schreit ganz laut. Und dann will sie, dass ich bei ihr übernachte. Und ich sage „auf keinen Fall" und warte vierzig Minuten auf den Nachtbus.

Dentalphobie. Als sie plötzlich nicht mehr da war, fing ich an, die seltsamsten Dinge an ihr zu vermissen. Zum Beispiel ihre Zähne. Alles hat mich an ihre weißen Zähne erinnert. Die Visitenkarte meiner Uni, der weiße Post-it an meinem Rechner, selbst die dicht aneinander gepflanzten Tulpen in unserem Vorgarten erinnern mich an ihre perfekten, geraden Zähne. Seit sie weg ist, hab ich meine Zahnarzttermine versäumt und eine Art Zahnarztphobie entwickelt.

Party. Morgen ist es soweit. Morgen ist Julias Geburtstag. Und sie wird auch da sein. Weil sie Julias Freundin ist. Wir sind also beide eingeladen, und diese Tatsache macht mich nervös. Es ist wirklich seltsam, die abgedroschensten Phrasen, die klischeehaftesten Sprüche, die man immer von seiner Mutter oder von dem dicken Dauersingle-Freund zu hören bekommt, an denen ist immer noch am meisten Wahrheit dran. Zum Beispiel daran, dass man erst dann merkt, was man an einer Person hat, wenn man sie verliert. Tausendmal gehört und doch jedes Mal wahr. Es ist wie mit all den Rockstars, deren Platten erst nach ihrem Tod an Bedeutung gewinnen und die Charts stürmen. Man müsste erst mal krepieren, um den Wert des Lebens komplett zu verstehen.

Schlaflos in Hamburg. Von Freitag auf Samstag kann ich nicht schlafen. Vielleicht liegt es am Kokain, vielleicht aber auch an der Tatsache, dass ich sie heute seit über vier Monaten zum ersten Mal wiedersehe. Meine Lunge schmerzt und meine Nase juckt.

Tag X. Ich trage Parfüm von Hugo Boss und ein Poloshirt von Tommy Hilfiger. Das ganze Training hat sich bezahlt gemacht, das Shirt umspannt meinen Bizeps.

Maschine.

Wann dann, wenn nicht heute? Ich schnalle mir die Armbanduhr um. Ich bin bereit. Die letzten Monate habe ich im Exil gelebt. Auf einer einsamen Insel. Mit Gewichten, Drogen und bedeutungslosem Sex. Und heute habe ich die Chance, mein Leben wieder in geregelte Bahnen zu lenken. Heute ist der Tag, an dem ich mir mein Glück wiederbesorge.

Rehauge. Ich hole Dimi, meinen besten Kumpel, mit dem Auto ab und wir fahren zu Julias Wohnung. Dimi hat gute Laune wegen seiner neuen Freundin. Er erzählt mir stolz, wie er sie kennengelernt hat. Dass er sie in der U-Bahn vor ein paar bösen Kanaken gerettet habe. Sie habe sich in ihn verliebt und die Typen hätten ihm die Fresse eingeschlagen. Eine wirklich sehr rührende Geschichte.

Ich hole mir ein Bier und stehe in einer Ecke, in der ich den Eingang im Auge hab. Ich bin nervös und das Bier schmeckt mir nicht, es hat viel zu viel Kohlensäure. Ich stelle es ab und greife kurz darauf wieder danach. Die Aufregung steigt und komplett nüchtern kann ich diese Situation nicht meistern. Ich erkenne ein Mädchen von irgendeinem Frühstück, doch ich ignoriere sie und fixiere den Eingang. Ab und zu blicke ich in den Spiegel und überprüfe, ob mein Shirt sitzt. Dimi kommt vorbei und sagt irgendetwas davon, dass er jetzt weiß, wie der eine Typ heißt, der ihm die Zähne rausgehauen hat, und dass er sich heute an ihm rächen wird. „Heut Nacht steigt das Ding", sagt er begeistert und ich entgegne nur: „Okay".

Und dann, fast als letzter Gast, kommt sie herein. Sie ist noch viel schöner geworden. Viel schöner, als ich sie in meinen stärksten Visionen und Träumen gesehen habe. Sie ist kaum geschminkt und doch kann ihr keine andere Frau auf dieser

Party das Wasser reichen. Kein Frühstück konnte je an ihre Schönheit und Eleganz rankommen. Es ging immer nur um sie. All das harte Training, all die Frauen und die Rauschzustände – der Antrieb waren immer ihre dunklen Rehaugen. Sie lächelt, als sie Julia sieht. Und ich lächle, als ich sie sehe.

Fucking Requiem. Und dann passiert alles so schnell. Ich sehe, wie ein Typ neben ihr steht und ihre Tasche hält. Aber er hält die Tasche so, wie ein Freund sie halten würde. Und zwar nicht wie ein platonischer Freund. Dimi legt tröstend seine Hand auf meine Schulter, weil er zu merken scheint, was in mir vorgeht. Ich blicke in den Spiegel und fühle mich hässlich und minderwertig. Der Bizeps ist klein und die Haut blass.

Als sie einen Schritt auf mich zu macht, denke ich mir: „Scheiße … verfickte Scheiße!“ Sie sagt so was wie Hallo und stellt mir dann ihren neuen Freund vor. Ich versuche, mir nichts anmerken zu lassen, und reiche ihm meine schwitzige Hand. Er drückt sie fest und ich mache ein schmerzverzerrtes Gesicht.

Wunderland. Ich mache das, was jeder Mensch in dieser Situation machen würde: Ich flüchte aus der Realität. Ich packe mir Dimi und zwinge ihn, seine Hosentaschen zu leeren: ein bisschen Koks und zwei Pillen. Ich sperre mich auf dem Klo ein und setze mich auf den Klodeckel. Dann schlucke ich die erste E und summe das Lied aus der Werbung, das ich ihr damals immer vorgesungen habe. Das ist die einzige Erinnerung, die mir noch bleibt – vom Sommer im Glück.

„Einsamkeit wird zu Zweisamkeit,“
Ich lege mir eine Line und schnupfe alles mit einem Mal weg. Schniefe ganz laut, und der metallische Geschmack steigt mir in der Kehle hoch.

„Aus einem Frühstücksei werden zwei …“
Ich lege mir eine zweite Line. Halte kurz inne und spüre, wie der kalte Schweiß mir die Stirn runterläuft. Dann ziehe ich mir

alles durch ein Nasenloch. Die Nase ist das romantischste aller Organe. Liebende haben immer juckende Nasen.

Lacrimosa. Komplett verschwitzt suche ich meine Schuhe. Ich muss raus hier. Ich halte es keine weitere Sekunde aus. Ich habe gehofft, dass die Drogen mich beruhigen, aber anstelle der Euphorie hat sich eine seltsame Leere in mir gebildet, eine bedrückende Leere. Als ich gerade die Tür hinter mir schließen will, erblicke ich sie ein allerletztes Mal. Sie sieht mich zwar nicht, aber ich sehe sie dafür in all ihrer Schönheit.

90 km/h. Ich drücke aufs Gas und komme mir so dumm vor. Warum dachte ich nur, dass ich etwas aus der Vergangenheit zurückholen könnte? Warum zum Teufel bin ich davon ausgegangen, dass es heute gut geht?

120 km/h. Ich habe in den letzten Monaten in der Vergangenheit gelebt. Für einen Moment, den es eigentlich nur in meiner Vorstellung gibt. Erbärmlich.

150 km/h. Ich drücke aufs Gas: so, als ob ich mit der Geschwindigkeit die Zeit zurückdrehen könnte. Das Gaspedal berührt den Boden. Ich krame aus meiner Gesäßtasche die letzte Pille raus, starre sie einen Augenblick lang an, lege sie mir dann auf die Zungenspitze und schlucke.

180 km/h. Das größte Rätsel der Menschheit ist wohl die Frage, warum wir immer das wollen, was wir nicht bekommen können. Und nachts den Mond anheulen, weil uns die Sonne fehlt.

Mein Handy klingelt. Ich spüre, wie das Auto von der Straße abkommt. Ein grelles Licht. Dann: Dunkelheit. Der sieben Monate alte Mercedes prallt gegen den zweihundert Jahre alten Baum. Das ist der letzte Satz in dieser Geschichte: **Ende.**

Der Tablettenkönig

Ich setze mir die Sonnenbrille auf. Keiner soll sehen, was für eine Nacht ich hinter mir habe. Der morgendliche Blick in den Spiegel hatte mir gezeigt, dass man in meinen Augen deutlich die kleinen roten Adern sieht, die mich an Flüsse auf einer Landkarte erinnern. Es ist Montag, kurz nach sieben, und ich gehe eine Einkaufsstraße entlang, während langsam die Sonne aufgeht und die Straße sich mit Leben füllt. Ich bleibe vor einer Parfümerie stehen und begutachte mein Gesicht erneut im spiegelnden Schaufenster. Es gab Tage, da sah ich wirklich besser aus. Wo zum Teufel war ich am Wochenende? Ich kneife die Augen zusammen, in der Hoffnung, dass dadurch die Erinnerung wiederkommt. Keine Chance. Ich weiß nichts mehr. Ist heute überhaupt Montag?

Mein Blick tastet über das Handydisplay – vom Datum zur Uhrzeit und wieder zurück. Tatsache: Es ist Montag. Und bereits halb acht. Verdammte Scheiße, ich komme zu spät zur Schule. Ich stecke mein Handy wieder ein, richte mir die Sonnenbrille und mache mich auf den Weg in den Unterricht.

Doch die Tatsache, dass ich nicht weiß, wo ich gestern Nacht war, beunruhigt mich. Plötzlich FÄNGT MEIN HERZ AN ZU RASEN. SO ALS WÜRDE JEMAND VON INNEN MIT EINEM VORSCHLAGHAMMER GEGEN MEINEN BRUSTKORB HÄMMERN. Ich versuche, nicht IN PANIK ZU GERATEN, setze mich hin, drücke gegen meine Brust. WAS FÜR EIN ÜBLER TRIP!

Dann taucht vor meinem inneren Auge ein Ort auf. Ein Club in einem Keller: laute Musik, überall betrunkene Iren, Kokain. Wir waren in diesem Club am Hafen, dessen Name ich nicht mehr weiß. Aber das ist erst mal nicht von Belang. Ich fühle mich auf einmal ein wenig erleichtert. Ich sammle mich wieder, versuche das Herzklopfen zu ignorieren und gehe weiter. Plötzlich bemerke ich die halb volle Red-Bull-Dose in meiner Hand. Angesichts des Herzklopfens sollte ich das lieber sein lassen. Ich werfe die Dose in hohem Bogen in den Mülleimer. Die Zeit rennt mir davon, ich blicke wieder auf das Display meines Handys, das mir verrät, dass in zwanzig Minuten der Unterricht beginnt. Wenn ich mich beeile, schaffe ich das noch. Ich kann es mir nicht erlauben, wieder zu spät zu kommen.

Also richte ich mich auf, atme tief durch und setze mich in Bewegung.

Wir waren also in diesem Club am Hafen. Aber wer waren wir? Und warum war ich am Sonntag dort, wenn ich doch heute in die Schule muss? Es ergibt kei...

Stopp! Was war das? Irgendetwas hat sich gerade im Gebüsch bewegt. Ich gehe einen Schritt auf die Hecke zu und lausche aufmerksam. Nein, alles gut. Ich habe mir das nur eingebildet. Mein Gehirn hat mir einen Streich gespielt. Das Geräusch verschwindet, dafür kommt das HERZRASEN WIEDER. UND DIE PANIK. SO EINE VERDAMMTE SCHEISSE. HILFE!

Ich setze mich auf eine Bank und lege meinen Kopf zwischen die Knie. Es soll aufhören. Bitte! Und als ich da wie ein Häufchen Elend zusammengekauert auf der Bank sitze, trifft mich die Erleuchtung wie der Blitz. Auf einmal wird alles so klar und deutlich. Mein bester Kumpel hat am Freitag seinen Job als Pool- und Gartensklave verloren, weil er die Frau des Hauses vor laufender Kamera gefickt hat.

Er wurde sofort entlassen. Da er den Job gehasst hat, war ihm das jedoch ziemlich egal. Er war sogar froh darüber, wie sich die Dinge entwickelt hatten. Und das haben wir gefeiert. Erst Samstag, und weil wir am Sonntag von dem ganzen Schnee immer noch so drauf waren, haben wir einfach weitergemacht. Und jetzt sitze ich hier. Noch halb benommen und mit dem Kater meines Lebens. Es ist seltsam, vor ein paar Minuten wusste ich nichts und jetzt auf einmal alles, die ganze Wahrheit, mit all ihren dreckigen Einzelheiten. Moses stieg vom Berg herab, und auf den Steintafeln war minutiös mein Wochenende dokumentiert. Ich kann mich sogar an das Ecstasy erinnern. Ich hatte eine gelbe und eine rosa Pille. Auf der gelben war ein Smiley und auf der rosa Pille ein Kommunistenstern. Aus den Tiefen meines Unterbewusstseins kommt eine weitere Erinnerung zum Vorschein, wie ich uncharmant ein Mädel anbaggere. Ich hole mein Handy raus, in der Hoffnung, ihre Nummer abgestaubt zu haben, und tatsächlich, im Adressbuch finde ich einen ominösen Eintrag: *Mqri internat.*

Die Dame heißt wahrscheinlich *Marie* und wir waren wirklich im *Internat-Club.*

Die Schule ist nur noch zwei Straßen weit entfernt. Ich könnte es noch rechtzeitig schaffen. Ich beiße die Zähne zusammen, drücke mich hoch und hole mein Handy raus. Musik, denke ich. Musik wird mir helfen, von diesem Trip runterzukommen. Ich höre *Der purpurrote Sonnenuntergang am schilfumsäumten Bergsee* von Dominik Eulberg. Dieses Meisterstück wird in die Musikgeschichte eingehen. 5:50 Minuten voller Harmonie und Liebe. Er ist der Mozart unserer Zeit. Und siehe da: Das Herzrasen nimmt ab, die Atmung wird tiefer, ich fühle mich erleichtert und so etwas wie unbekümmerte Glückseligkeit macht sich in mir breit. Die Sonne ist bereits aufgegangen und ich stehe vor der Schule.

Es ist 8.10 Uhr und ich betrete zufrieden den Klassenraum, wo meine Schüler bereits auf mich warten. Ich stehe schwankend vor ihnen und ziehe mir die Sonnenbrille auf die Nasenspitze. Und während sie mich mit einem monotonen Chorgesang begrüßen – GU - TEN MOR - GEN, HERR FAL - KOV – denke ich mir nur: „Mann, bin ich ein beschissenes Vorbild!"

Alectos Gang

Auf den ersten Blick wirkt das vielleicht alles sehr brutal. Aber das, was wir machen, ist notwendig. Wir erweisen dem Universum einen Dienst. Das ist das einfache Konzept, das seit Anbeginn der Menschheit wirkt: Schlechten Menschen widerfährt Schlechtes – Karma, Baby! Eine Spitzmaus frisst ihr Leben lang Larven. Doch wenn sie tot ist, fressen die Larven die Spitzmaus. Egal, wie stark du bist, du bist nicht stärker als die Zeit. Das Blatt wendet sich immer. Und dann bist du gefickt. Jeder kriegt, was er verdient. Nicht mehr und nicht weniger. Das ist, woran ich denke, wenn ich dem Vergewaltiger den Schraubenzieher in den Oberschenkel ramme. Das ist, woran ich denke, wenn ich dem korrupten Schwein an zwei Stellen die Nase breche.

Auch diesmal halte ich die Eisenstange in der Hand, und während Pete und Chernov ihn festhalten, drücke ich sie ihm gegen die Stirn, sodass sich dort für kurze Zeit ein roter Fleck bildet. „Wie fühlt sich das an, wenn man alleine ist?"

Er kann nichts sagen, denn er ist geknebelt. Aber der Schweiß läuft ihm über die Stirn.

Unter meiner Maske ist es heiß. „Wie fühlt sich das an, wenn man hilflos ist?"

Genauso hilflos wie der Typ, den sie zu dritt verprügelt haben. Nur weil er ein Mädchen beschützt hat, sind sie wie die wilden Bestien auf ihn losgegangen und haben ihn bewusstlos geschlagen. Ich hole aus und denke dabei, dass schlechten Menschen immer Schlechtes widerfährt.

Wir sind insgesamt vier Leute: Pete, Chernov, Daro und ich. Man hört buchstäblich, wie seine Kniescheibe unter meiner Eisenstange zertrümmert wird. Wir sind die Rächer der Nacht. Pete und Daro beschaffen die Informationen, Chernov besorgt das Tilidin und die Waffen und ich bin der Fahrer.

Wir haben ihn in ein verlassenes Waldstück gezerrt und jetzt liegt er vor uns und versucht zu schreien. Aber niemand wird ihn hören. Seine Augen füllen sich mit Tränen und Schweiß. Ich bücke mich zu ihm runter und ziehe mir die Maske bis zur Nase hoch. „Das Blatt wendet sich immer. Und dann bist du gefickt."

Wir haben eigentlich nur eine wichtige Regel: eine Tat nur mit der gleichen Tat zu rächen. Gleiches wird mit Gleichem vergolten. Auge um Auge. Zahn um Zahn. Wir bringen das Gleichgewicht der Welt wieder in Ordnung.

Jeder Job verläuft nach demselben Muster:

Wir blättern durch die Lokalzeitung, finden Berichte über brutale Überfälle und entschließen uns, die Opfer zu rächen, da unsere Kuscheljustiz dazu nicht in der Lage ist. Haben wir uns einen Fall ausgesucht, beginnt die Arbeit von Pete und Daro. Die beiden beschaffen in kürzester Zeit alle Informationen zur Tat. Und während die von der Polizei, diese ahnungslosen Idioten, noch im Trüben fischen oder den Fall bereits zu den Akten gelegt haben, wissen wir über alles Bescheid.

Wir beobachten unser Opfer eine Zeit lang, und wenn wir seine Gewohnheiten kennen, wissen wir auch, wann wir am besten zuschlagen können.

Anschließend besorgt Chernov über seinen Job als Pfleger das Tilidin. Das ist ein Opioid, das er von einem jungen Apotheker im Krankenhaus bekommt. Im Gegenzug wandert ein kleiner Briefumschlag mit Geldscheinen in den Kittel des Apothekers, der die Spuren beseitigt und die Inventurliste frisiert. Das Mittel wird eigentlich bei starken Schmerzen eingesetzt. Doch wir schlucken eine Stunde, bevor wir losziehen, jeweils eine Pille und dann kann die Party losgehen. Tilidin oder *BamBam*, wie Daro es nennt, sorgt dafür, dass wir keine Schmerzen empfinden. Wenn einer auf mich einprügeln und mein Gesicht zu einer roten Pampe schlagen würde, nähme ich nur ein leichtes Zwicken wahr. Wenn einer mir die Beine bräche, würde ich die höllischen Schmerzen erst Stunden später spüren.

Haben wir alles beisammen, schnappen wir uns den Übeltäter und bringen das zu Ende, wozu das System nicht in der Lage ist. Das ist, woran ich denke, wenn ich mit der Eisenstange ein zweites Mal zuschlage. Es wirkt vielleicht alles sehr brutal. Aber es ist notwendig.

Diesmal hat Chernov die Sache unmittelbar bei der Arbeit erfahren. Ein ordentlich zusammengeschlagener Typ musste sich in der Unfallstation behandeln lassen: ein Haufen Prellungen, Schürf- und Platzwunden, zwei ausgeschlagene Zähne, drei angebrochene Rippen sowie ein gebrochener Mittelhandknochen und eine Handgelenksverstauchung. Chernov schnappte sich die Krankenakte und schickte mir ein Foto mit den vertraulichen Informationen. Somit stand unser neuer Fall fest.

Von den drei U-Bahn-Schlägern können wir nur einen zur Rechenschaft ziehen. Einer von ihnen ist in seinem Heimatland untergetaucht und der andere sitzt wegen eines Tankstellenraubs in Untersuchungshaft. Das eine Arschloch darf nun auch für die anderen kassieren. Pete und Chernov lassen ihn los, er will gerade nach seinem Knie greifen, als ich noch einmal aushole und zuschlage. *Wir sind die Rächer der Nacht.* Und noch einmal. Er hält schützend seine Arme vors Gesicht. *Wir sorgen für Gleichgewicht.* Und noch einmal. *Das ist Karma, Baby!* Als ich das letzte Mal ausholen will, hält Pete meinen Arm fest. Es reicht. Das ist ein weiterer Effekt von *BamBam*: Man kennt seine Grenzen nicht mehr. Würde Pete mich nicht aufhalten, hätte ich den blöden Wichser zu Tode geprügelt und somit unsere Regel gebrochen.

Ich ziehe die Schweinekopfmaske hoch, um besser zu sehen. Der Typ liegt in seinem eigenen Blut und röchelt so vor sich hin. Ihm geht's gut. Nein, ihm geht's hervorragend. Er hat seine Lektion gelernt. Er wird nie wieder mit seinen Jungs Leute aufmischen, die schwächer sind als er.

Ich ziehe mir die Maske wieder auf, bücke mich zu ihm runter und sage leise aber deutlich: „Nächstes Mal gehts für dich nicht so gut aus, verstanden?"

Gerade als Pete das Wort ergreifen will, hören wir einen ohrenbetäubenden Lärm. So, als würde in unmittelbarer Nähe etwas explodieren.

„Scheiße, was war das?"

Chernov schiebt die Äste vom Gebüsch zur Seite. Erst mal ist nur Rauch und Qualm zu sehen, doch nach einer Weile vervollständigt sich das Bild: Schwarzes Metall umwickelt einen alten Baum. Der Gute ist bestimmt mit zweihundert Sachen gegen den Baum gerast.

„Krass", ruft Pete, „guckt euch den Baum an! Der steht immer noch!"

„Du bleibst schön hier", sage ich zu unserem Opfer und zeige drohend mit der Stange auf ihn.

Schon wenige Meter vor dem Metallklumpen, der vor Augenblicken noch ein Auto war, erkenne ich, dass hier nichts mehr zu machen ist. Dort, wo ich den Fahrersitz vermute, vermute ich auch den Kopf des Fahrers. Einzig eine klebrige dunkle Paste, die leblos und unattraktiv am schwarzen Metall klebt, erinnert daran, dass hier mal ein menschliches Wesen saß. Ein tragischer Unfall. Aber da sind wir machtlos. Der Typ ist hinüber. Es gibt hier niemanden, dem wir helfen könnten. Manchmal gibt es Situationen, an denen kann man einfach nichts ändern. Sie sind, wie sie sind.

Als ich mich zurück zu unserem lieben Freund bewege, der immer noch hilflos auf dem nassen Waldboden liegt, klingelt mein Telefon. Es ist Maria, meine Schwester.

Sie ist ganz aufgebracht und erzählt mir, dass sie ihren Ex-Freund auf einer Party getroffen habe. Dann erzählt sie mir irgendwas von Gefühlen, die sie noch für ihn hege, oder so etwas in der Art.

Ich höre nicht besonders gut zu, sondern betrachte meine Eisenstange wie sie im Mondschein glänzt – wie das Blut von diesem Wichser im bläulichen Schimmer unwirklich durch die Nacht tanzt.

Sie könne ihn nicht auf dem Handy erreichen und mache sich Sorgen.

Ich umklammere die Eisenstange. Macht ist ein großartiges Gefühl. Ich liebe es. Ich würde nichts dagegen eintauschen. Dann widme ich einen Teil meiner Aufmerksamkeit wieder meiner Schwester, die immer noch aufgebracht, beinah den Tränen nah, über ihren Ex-Freund redet.

Etwas genervt sage ich ihr, dass ich nicht telefonieren kann. Und dass wir reden, wenn ich wieder zu Hause bin. Ich lege auf und wische mit einem Tuch das Blut von meiner Eisenstange.

Wir lassen den Typen alleine zurück und fahren wieder in die Stadt. Ich wasche mir das Blut von den Händen, ziehe mir etwas anderes an und als die Wirkung von *BamBam* nachlässt, fahren wir in ein Café am Stadtrand.

Während die ersten Vögel anfangen zu zwitschern, geht die Sonne langsam über der Stadt auf und lässt alles im frischen Glanz erscheinen. Ein neuer Tag in Hamburg bricht an. Ein neuer Tag, an dem alles möglich ist.

Über den Autor

Dron wurde 1990 in der Sowjetunion geboren, kam mit sieben Jahren nach Deutschland und wuchs in einem als Problembezirk stigmatisierten Stadtteil Hamburgs auf. Er lernte die fremde Sprache und arbeitete sich zum Werbetexter hoch, bevor er an der Filmakademie Baden-Württemberg sein Studium im Fach Drehbuch aufnahm.

Seine Interessen sind breit gefächert: Er liest gerne Weimarer Klassik, geht zum Pumpen ins Studio und ist im Club nie ohne Wodka in der Hand unterwegs.

In seinem Grundschulzeugnis heißt es über Dron:

„Unsere geübten Diktate (ca. 60–70 Wörter) schreibst du nahezu fehlerfrei. Auch beim freien Schreiben denkst du schon häufig an die Rechtschreibregeln. Du besitzt viel Phantasie und denkst dir gern kleine Geschichten aus. Allerdings sind sie fast immer ziemlich gewalttätig. Über etwas friedlichere Geschichten würden wir uns sehr freuen."

Glücklicherweise hat er nie auf seine Lehrer gehört…